COMMENTAIRE

DE LA

LOI SUR LES SAISIES-ARRÊTS

des Salaires et petits Traitements

PAR

Charles STRAUSS

AVOCAT A LA COUR D'APPEL DE PARIS

Prix : **1** fr. **25** c.

PARIS

Chez MUZARD & EBIN, Libraires

26, Place Dauphine, 26

1895

COMMENTAIRE

DE LA

LOI SUR LES SAISIES-ARRÊTS

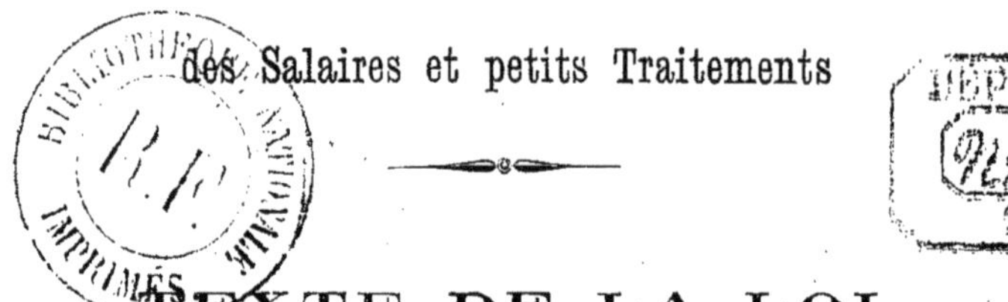

des Salaires et petits Traitements

TEXTE DE LA LOI

TITRE PREMIER

SAISIE-ARRÊT

ARTICLE PREMIER. — Les salaires des ouvriers et gens de service ne sont saisissables que jusqu'à concurrence du dixième, quel que soit le montant de ces salaires.

Les appointements ou traitements des employés ou commis et des fonctionnaires ne sont également saisissables que jusqu'à concurrence du dixième lorsqu'ils ne dépassent pas 2.000 francs par an.

ART. 2. — Les salaires, appointements et traitements visés par l'article premier ne pourront être cédés que jusqu'à concurrence d'un autre dixième.

ART. 3. — Les cessions et saisies faites pour le paiement des dettes alimentaires prévues par les articles 203, 205, 206, 207, 214 et 349 du Code civil ne sont pas soumises aux restrictions qui précèdent.

ART. 4. — Aucune compensation ne s'opère au profit des patrons entre le montant des salaires dus par eux à leurs ouvriers et les sommes qui leur seraient dues à eux-mêmes pour fournitures diverses, quelle qu'en soit la nature, à l'exception toutefois :

1° Des outils ou instruments nécessaires au travail ;
2° Des matières et matériaux dont l'ouvrier a la charge et l'usage ;
3° Des sommes avancées pour l'acquisition de ces mêmes objets.

ART. 5. — Tout patron qui fait une avance en espèces en dehors du paragraphe 3 de l'article 4 qui précède ne peut se rembourser qu'au moyen de retenues successives ne dépassant pas le dixième du montant des salaires ou appointements exigibles.

La retenue opérée de ce chef ne se confond ni avec la partie saisissable ni avec la partie cessible portée en l'article 2.

Les acomptes sur un travail en cours ne sont pas considérés comme avances.

TITRE II

PROCÉDURE DE SAISIE-ARRÊT SUR LES SALAIRES ET PETITS TRAITEMENTS

ART. 6. — La saisie-arrêt sur les salaires et les appointements ou traitements ne dépassant pas annuellement 2.000 francs, dont il s'agit à l'article premier de la présente loi, ne pourra être pratiquée, s'il y a titre, que sur le visa du greffier de la justice de paix du domicile du débiteur saisi.

C.

S'il n'y a point de titre, la saisie-arrêt ne pourra être pratiquée qu'en vertu de l'autorisation du juge de paix du domicile du débiteur saisi. Toutefois, avant d'accorder l'autorisation, le juge de paix pourra, si les parties n'ont déjà été appelées en conciliation convoquer devant lui, par simple avertissement, le créancier et le débiteur; s'il intervient un arrangement, il en sera tenu note par le greffier sur un registre spécial exigé par l'article 14.

L'exploit de saisie-arrêt contiendra en tête l'extrait du titre s'il y en a un, ainsi que la copie du visa, et, à défaut de titre, copie de l'autorisation du juge. — L'exploit sera signifié au tiers saisi ou à son représentant préposé au paiement des salaires ou traitements dans le lieu où travaille le débiteur saisi.

Art. 7. — L'autorisation accordée par le juge évaluera ou énoncera la somme pour laquelle la saisie-arrêt sera formée.

Le débiteur pourra toucher du tiers saisi la portion non saisissable de ses salaires, gages ou appointements.

Une seule saisie-arrêt doit être autorisée par le juge. S'il survient d'autres créanciers, leur réclamation, signée et déclarée sincère par eux, et contenant toutes les pièces de nature à mettre le juge à même de faire l'évaluation de la créance, sera inscrite par le greffier sur le registre exigé par l'article 14. Le greffier se bornera à en donner avis dans les quarante-huit heures au débiteur saisi et au tiers saisi, par lettre recommandée qui vaudra opposition.

Art. 8. — L'huissier saisissant sera tenu de faire parvenir au juge de paix, dans le délai de huit jours à dater de la saisie, l'original de l'exploit sous peine d'une amende de 10 francs qui sera prononcée par le juge de paix en audience publique.

Art. 9. — Tout créancier saisissant, le débiteur et le tiers saisi pourront requérir la convocation des intéressés devant le juge de paix du débiteur saisi, par une déclaration consignée sur le registre spécial prévu en l'article 14.

Dans les quarante-huit heures de cette réquisition, le greffier adressera : 1° au saisi; 2° au tiers saisi; 3° à tous les autres créanciers opposants, un avertissement recommandé à comparaître devant le juge de paix, à l'audience que celui-ci aura fixée.

A cette audience ou à toute autre fixée par lui, le juge de paix, prononçant sans appel dans la limite de sa compétence et à charge d'appel à quelque valeur que la demande puisse s'élever, statuera sur la validité, la nullité ou la mainlevée de la saisie, ainsi que sur la déclaration affirmative que le tiers saisi sera tenu de faire audience tenante.

Le tiers saisi qui ne comparaîtra pas ou qui ne fera pas sa déclaration ainsi qu'il est dit ci-dessus, sera déclaré débiteur pur et simple des retenues non opérées et condamné aux frais par lui occasionnés.

Art. 10. — Si le jugement est rendu par défaut, avis de ses dispositions sera transmis par le greffier à la partie défaillante, par lettre recommandée dans les cinq jours du prononcé.

L'opposition qui ne sera recevable que dans les huit jours de la date de la lettre, consistera dans une déclaration à faire au greffe de la justice de paix sur le registre prescrit par l'article 14.

Toutes parties intéressées seront prévenues, par lettre recommandée du greffier, pour la plus prochaine audience utile. Le jugement qui interviendra sera réputé contradictoire. L'appel relevé contre le jugement contradictoire sera formé dans les dix jours du prononcé du jugement, et dans le cas où il aurait été rendu par défaut, du jour de l'expiration des délais d'opposition, sans que, dans le cas du jugement contradictoire, il soit besoin de le signifier.

Art. 11. — Après l'expiration des délais de recours, le juge de paix pourra surseoir à la convocation des parties intéressées tant que la somme à distribuer n'atteindra pas, d'après la déclaration du tiers saisi, et déduction faite des frais à prélever et des créances privilégiées, un chiffre suffisant pour distribuer aux créanciers connus un dividende de 20 0/0 au moins. S'il y a somme suffisante, et si les parties ne se sont pas amiablement entendues pour la répartition, le juge procédera à la distribution entre les ayants droit. Il établira son état de répartition sur le registre prescrit par l'article 14. Une copie de cet état, signée du juge et du greffier, indiquant le montant des frais à prélever, le montant des créances privilégiées s'il en existe, et le montant des sommes attribuées dans la répartition à chaque ayant droit, sera transmise par le greffier, par lettre recommandée, au débiteur saisi, ou au tiers saisi et à chaque créancier colloqué.

Ces derniers auront une action directe contre le tiers saisi en paiement de leur collocation. Les ayants droit aux frais et aux collocations utiles donneront quittance en marge de l'état de répartition remis au tiers saisi, qui se trouvera libéré d'autant.

Art. 12. — Les effets de la saisie arrêt et les oppositions consignées par le greffier sur le registre spécial subsisteront jusqu'à complète libération du débiteur.

Art. 13. — Les frais de saisie-arrêt et de distribution seront à la charge du débiteur saisi. Ils seront prélevés sur la somme à distribuer.

Tous frais de contestation jugée mal fondée seront mis à la charge de la partie qui aura succombé.

Art. 14. — Pour l'exécution de la présente loi, il sera tenu au greffe de chaque justice de paix un registre sur papier non timbré, qui sera coté et paraphé par le juge de paix et sur lequel seront inscrits :

1° Les visas ou ordonnances autorisant la saisie-arrêt ;

2° Le dépôt de l'exploit;

3° La réquisition de la convocation des parties ;

4° Les arrangements intervenus;

5° Les interventions des autres créanciers;

6° La déclaration faite par le tiers saisi;

7° La mention des avertissements ou lettres recommandées transmises aux parties ;

8° Les décisions du juge de paix;

9° La répartition établie entre les ayants droit.

Art. 15. — Tous les exploits, autorisations, jugements décisions, procès-verbaux et états de répartition, qui pourront intervenir en exécution de la présente loi, seront rédigés sur papier non timbré et enregistrés gratis. Les avertissements et lettres recommandées et les copies d'état de répartition sont exempts de tout droit de timbre et d'enregistrement.

Art. 16. — Un décret déterminera les émoluments à allouer aux greffiers pour l'envoi des lettres recommandées et pour dresse de tous extraits et copies d'état de répartition.

Art. 17. — Les lois et décrets antérieurs sont abrogés en ce qu'ils ont de contraire à la présente loi.

Art. 18. — La présente loi est applicable à l'Algérie et aux colonies.

LOI DU 12 JANVIER 1895

RELATIVE A LA SAISIE-ARRÊT SUR LES SALAIRES ET LES PETITS TRAITEMENTS

Historique et élaboration de la loi.

Au mois de décembre 1889, M. Thellier de Poncheville d'abord, M. Jacquemart ensuite, déposaient sur le bureau de la Chambre deux propositions de loi : relative à la protection des salaires contre les saisies-arrêts et à la réduction des frais de justice, suivant l'intitulé de la première : sur la saisie-arrêt du salaire des ouvriers et des appointements des employés, commis et petits fonctionnaires, et sur la distribution des deniers saisis-arrêtés, disait la seconde.

Puis successivement, la Commission à laquelle avaient été renvoyées ces deux propositions était saisie de trois autres textes; proposition de M. Loustalot, déposée le 12 mars 1891, projet de loi Jules Roche et Fallières présenté le 16 juin 1891, et enfin proposition de M. Chiché, déposée à la Chambre le 27 février 1893.

Dès le 23 janvier 1890, la première Commission d'initiative parlementaire avait conclu à la prise en considération des deux propositions Thellier de Poncheville et Jacquemart. Celles-ci renvoyées devant la Commission spéciale des saisies-arrêts, faisaient le 13 novembre 1890, l'objet d'un rapport présenté par M. Jacquemart, et la proposition de loi élaborée par la Commission et jointe à ce rapport était à très peu de choses près celle que quatre ans après le Parlement devait rendre définitive.

Mais la proposition de loi de M. Loustalot étant présentée peu après le dépôt de ce rapport, la Commission se trouvait donc en présence de quatre textes différents. D'accord avec le Gouvernement, il fut alors convenu qu'un projet de loi émanant de lui serait présenté à la Commission. Ce projet fut déposé sur le bureau de la Chambre dans la séance du 16 juin 1891. Il fondait en un seul texte les propositions Thellier de Poncheville, Jacquemart et de la Commission.

Plus de deux années devaient s'écouler avant que ce projet fut rapporté devant la Chambre.

Dans l'intervalle, la proposition de M. Chiché présentée le 27 février 1893 avait été rapportée par la Commission d'initiative parlementaire, qui avait conclu à la prise en considération le 4 mars 1893. Elle fut alors renvoyée devant la Commission des saisies-arrêts.

Enfin, les 2 et 16 mai 1893, cette Commission présentait deux rapports définitifs et complémentaires, le premier sur les propositions Thellier de Poncheville et Jacquemart, le second sur les propositions Loustalot et Chiché et le projet Roche-Fallières.

C'est sur le texte joint à ce dernier rapport que le Parlement devait être appelé à délibérer.

La première question que la Commission avait eu à examiner était celle de savoir s'il convenait de rendre insaisissables pour le tout certains salaires et appointements en raison de leur modicité. Deux des propositions dont elle était saisie avaient adopté ce principe. Celle de M. Loustalot se résumait dans cet article unique : « sont insaisissables les salaires et traitements payés par mensualités ne dépassant pas 60 francs par mois ». M. Thellier de Poncheville avait inséré dans sa proposition une disposition analogue rendant insaisissables : « les salaires des ouvriers, gens de service, surveillants et contremaîtres, lorsqu'ils ne dépassent pas 3 francs ou une moyenne de 3 francs par jour de travail, et les appointements des employés et commis des particuliers et des Sociétés, lorsqu'ils ne dépassent pas 100 francs par mois ». La Commission repoussa immédiatement cette disposition parce que, dit le rapport de M. Jacquemart sur cette dernière proposition : « En dehors des raisons de pur droit, elle a pensé que ce serait atteindre fortement le crédit de l'ouvrier ou de l'employé que de rendre insaisissable pour le tout son salaire. Ce crédit l'ouvrier le plus laborieux peut en avoir besoin lorsque vient le chômage ou quand il est malade lui ou l'un des siens. Cette raison a paru décisive à la presque unanimité de la Commission ».

Dans l'exposé des motifs du projet du Gouvernement se trouve la même observation : « Nous vous proposons, Messieurs, dit-il, de repousser le système de l'insaisissabilité complète d'un salaire minimum. Il est vrai qu'un salaire est nécessaire à l'homme pour subsister, et qu'il y a rigueur à l'en priver, mais est-il d'autre part conforme à l'honnêteté publique qu'un homme puisse se soustraire complètement au paiement des dettes qu'il a contractées, sous prétexte qu'il gagne seulement juste de quoi vivre ? Du reste dans l'intérêt même des ouvriers et des employés, il importe qu'ils jouissent d'un certain crédit : il faut prévoir les cas de maladie ou de chômage. De plus, il est impossible de fixer ce minimum de salaire d'une manière équitable et conforme au but qu'on se propose. La somme nécessaire à un homme pour vivre n'est pas en effet identique sur toute l'étendue du territoire. En déterminant par exemple le minimum de salaire insaisissable d'après les besoins d'un ouvrier de Paris, on ferait échapper à la saisie les salaires des ouvriers de la plupart des petites villes et des campagnes. Au contraire en s'attachant aux besoins des ouvriers des campagnes, le salaire protégé serait si peu élevé que les ouvriers de Paris ou des grandes villes, ne conserveraient pas à l'abri de la saisie les sommes indispensables à leurs besoins ».

Le principe de la non saisissabilité de certains salaires fut définitivement repoussé par la Commission dont le rapport présenté par M. Vival disait : « Votre Commission, dans l'intérêt même de l'ouvrier, n'a pas cru devoir admettre le principe contenu dans les projets Thellier de Poncheville et Loustalot sur l'insaisissabilité des petits salaires. Tout en voulant protéger l'ouvrier, il a paru à la Commission qu'un salaire, si minime qu'il fût, ne pouvait échapper à la saisie du créancier, et qu'il ne restait qu'à fixer la fraction insaisissable ».

Sur ce point, en effet, aussi les auteurs des propositions n'étaient pas d'accord. M. Thellier de Poncheville autorisait la saisie du cinquième du salaire dépassant trois francs par jour et de l'appointement supérieur à 100 francs par mois. Il ne fixait aucun maximum à partir duquel la saisie eût porté sur le tout. M. Jacquemart fixait au cinquième la portion saisissable, mais avec un maximum de 2.000 francs au delà duquel l'excédent était saisissable pour le tout. Le projet du Gouvernement autorisait la saisie de un dixième seulement et portait à 2.400 francs le maximum de traitement.

La proposition de M. Chiché assimilait les ouvriers et employés aux fonctionnaires et proposait pour eux l'application de la loi du 21 ventôse an IX, c'est-à-dire la saisie de un cinquième jusqu'à 1,000 francs, un quart sur les 5,000 francs suivants et un tiers sur la portion excédant 6,000 francs, à quelque somme qu'elle s'élevât.

Il fallait choisir entre ces divers systèmes. La Commission admit le taux de un dixième, jusqu'à 2.000 francs.

Le principe d'un traitement maximum au delà duquel la quotité du dixième saisissable ne serait plus applicable étant admis, la Commission se trouva en présence de la question suivante : assimilerait-on les ouvriers ayant un salaire quotidien aux employés rémunérés par un traitement fixe et mensuel ou annuel. Sans discussion, la Commission admit l'assimilation et décida que pour évaluer le salaire annuel de l'ouvrier payé à la journée, on multiplierait par 300 le montant de sa journée. Et cependant le projet du Gouvernement distinguait et demandait à la Commission de déclarer les neuf dixièmes insaisissables pour les salaires des ouvriers et gens de service quel que fut le montant de ces salaires, et de n'accorder le bénéfice de la loi aux employés que lorsque leurs appointements ne dépasseraient pas 2.400 francs par an.

Restait à déterminer dans quelle proportion les salaires ou appointements pourraient être cédés volontairement. La proposition de M. Thellier de Poncheville l'avait fixée à un cinquième ou deux cinquièmes suivant que le salaire ou l'appointement était insaisissable pour le tout ou saisissable pour portion. La Commission n'avait pas admis cette limitation. « Elle n'a pas admis, dit le rapport de M. Jacquemart, la nécessité d'inscrire dans la loi l'insaisissabilité de tout ou partie du salaire, la raison est la même : le crédit de l'ouvrier. Il y en a d'autres : les hommes expérimentés en cette matière disent que les cas sont rares où l'ouvrier s'engage à laisser entre les mains de son patron la totalité ou une partie de son salaire à venir au profit d'un créancier. Il peut le faire sous une pression morale, c'est vrai, mais si c'est une simple promesse verbale, où est la garantie? Si c'est une cession telle que l'entend la loi, le jeu n'en vaut pas la chandelle, l'acte de cession, son enregistrement, sa signification s'élèveraient souvent à un prix plus élevé que la somme cédée. Du reste, s'il s'entend avec son créancier, il pourra toujours tourner la loi et faire la cession. Enfin pour la dignité de l'ouvrier, dignité dont il est fier, et qu'il revendique, il convient qu'il puisse disposer de ce qui lui appartient, surtout s'il s'agit de payer une dette ». Tel ne fut pas l'avis du Gouvernement qui, dans son projet, inscrivit le principe de l'incessibilité au delà d'un dixième : « L'on peut prétendre, dit le projet, que porter atteinte à la cessibilité c'est en quelque sorte mettre en tutelle, traiter en incapables les ouvriers et les employés, que c'est leur retirer la jouissance de leur propre bien, mais outre qu'une telle objection peut s'appliquer à toutes les lois quelconques qui ont en vue la protection de l'ouvrier adulte, il faut reconnaître qu'accepter un tel régime, c'est donner aux intéressés le moyen de tourner la loi, car les créanciers obtiendront la cession des salaires et les ouvriers ou employés s'en trouveront privés comme ils le seraient par une saisie totale.

» La loi protectrice que les travailleurs réclament et que nous voulons leur donner doit être envisagée avec toutes ses conséquences, et si on veut réellement assurer aux travailleurs le paiement de leur salaire, il faut le garantir contre les entreprises des créanciers qui pourraient, grâce à la cessibilité totale réduire à néant toutes les dispositions prises à l'égard de la saisissabilité.

» On a objecté encore que le crédit de l'ouvrier serait cruellement atteint et qu'une telle mesure le réduirait en certaines circonstances à la misère. Nous ne nions pas qu'il puisse y avoir des cas regrettables, mais il ne faut pas perdre de vue que le crédit de l'ouvrier est le plus souvent moral. Sa bonne réputation, la confiance qu'il inspire sont, aux yeux du créancier honnête, ses meilleurs répondants et nous ne pensons pas que sa situation soit à ce point de vue grandement modifiée par la nouvelle loi. Et s'il arrive que l'incessibilité du salaire ébranle le crédit de l'ouvrier aux yeux de certains trafiquants dont l'industrie consiste à surprendre sa bonne foi ou sa faiblesse en lui vendant des marchandises surtaxées, ou en lui faisant des avances à un taux usuraire, non seulement nous ne croyons pas porter atteinte à sa situation, mais encore nous prétendons même le protéger contre une fraude trop répandue qui s'exerce aujourd'hui à l'abri de la loi et à laquelle il est temps de mettre un terme. C'est pourquoi nous vous proposons de réduire à un dixième, c'est-à-dire au même taux que la partie saisissable, la partie cessible du salaire. »

La Commission après avoir, dans le rapport de M. Jacquemart du 2 mai 1893, déclaré qu'elle maintenait son avis sur ce point qu'elle considérait comme une question de principe, et repoussé l'incessibilité de tout ou partie du salaire, revint bientôt sur cet avis; et dans le rapport présenté le 16 mai 1893 par M. Vival, elle admit et inscrivit l'article 3 du projet du Gouvernement n'autorisant la cession que pour un dixième.

Elle y inséra également la disposition qui se retrouvait dans tous les projets présentés aux termes de laquelle la restriction apportée par la nouvelle loi n'était pas applicable lorsque la créance pour le recouvrement de laquelle la saisie-arrêt était formée avait sa cause dans les articles 203, 205, 206,

207, 214 et 349 du Code civil, c'est-à-dire représentait la pension alimentaire due par les parents à leurs enfants, gendre ou bru, ainsi que par l'adoptant à l'adopté, ou réciproquement.

Elle consacra aussi le droit pour le patron qui a fait des avances en espèces à son ouvrier ou à son employé de s'en rembourser en retenant lors de chaque paye un dixième du salaire dû.

Sur la procédure, l'accord était rapidement intervenu. La seule modification introduite sur la demande du Gouvernement aux dispositions des propositions primitives consista à maintenir la formation de la saisie-arrêt par exploit d'huissier, au lieu de la faire consister comme tous les autres actes de la procédure en un avis recommandé adressé par le greffier de la justice de paix. Mais sur le principe de la substitution de la compétence du juge de paix à celle du Tribunal civil, sur l'organisation de la nouvelle procédure supprimant tous les exploits d'huissier, les dénonciations et contre-dénonciations, les instances en validité et affirmation, et chargeant le greffier de la rédaction de l'envoi des actes maintenus sous forme de simples avis recommandés, aucune discussion ne s'éleva, et dès le premier moment tout le monde fut d'accord.

Signalons pour terminer cette première partie que la Commission supprima du projet du Gouvernement les articles prescrivant que les salaires seraient payés en monnaie ayant cours et non en jetons, et que pour les ouvriers, ils seraient payés au moins deux fois par mois à seize jours au plus d'intervalle. Elle supprima également un article spécial concernant le privilège garantissant les salaires, article qui doit faire l'objet d'un projet de loi spécial.

Discussion du projet devant la Chambre et le Sénat.

TITRE I

DE LA SAISIE-ARRÊT

Article premier. — Toutes saisies-arrêts sur salaires dus à tous ouvriers et gens de service ou sur appointements dus à tous commis, employés et fonctionnaires publics ne frappera que le dixième lorsque ces salaires ou appointements ne dépasseront pas annuellement 2.000 francs. Au delà de ce chiffre l'excédent est saisissable pour le tout.

Tel était le texte présenté à la Chambre le 27 juin 1893, et qui fut adopté sans discussion, après le rejet d'un amendement tendant à laisser au juge de paix le soin de déterminer la portion saisissable. C'eut été revenir à la situation antérieure, c'est-à-dire aller tout à fait à l'encontre de l'esprit du projet dont le but principal était de déterminer cette portion saisissable et d'enlever aux juges la latitude d'apprécier jusqu'à quelle somme les salaires et appointements ont le caractère alimentaire qui les rendait insaisissables.

Mais devant le Sénat, la question de distinction entre les salaires des ouvriers et les appointements des employés, que le Gouvernement avait inscrite dans son projet, fut soulevée et le rapport de M. Régismanset insista pour que cette distinction fut inscrite dans la loi: « Le projet de loi voté, dit-il, n'accorde le bénéfice de l'insaisissabilité, sauf pour un dixième, qu'aux salaires qui ne dépasseront pas annuellement 2.000 francs. Cette limitation nous paraît entraver immédiatement l'application de la loi proposée: comment calculer avec précision, le montant annuel du salaire qui peut varier d'une semaine à l'autre, s'augmenter de bénéfices imprévus ou diminuer par le fait de chômages, de maladies dont la durée ne peut être déterminée à l'avance? Et la Commission vous propose de décider que les salaires des ouvriers et gens de service ne seront saisissables que jusqu'à concurrence du dixième, quel que soit le montant de ces salaires. Au contraire, les appointements des employés, fonctionnaires et commis sont généralement fixes, payables par mois, non sujets à déduction pour jours fériés ou pour cause de maladie. Le montant annuel est ici facile à déterminer et la Commission vous propose de décider que les appointements ou traitements des employés ou commis et des fonctionnaires ne sont également saisissables que jusqu'à concurrence du dixième lorsqu'ils ne dépassent pas 2.000 francs par an. »

Cette modification ne fut pas la seule proposée par la Commission qui demanda la suppression du paragraphe décidant qu'au delà de 2.000 francs l'excédent serait saisissable pour le tout : « C'est là, dit le rapport, une réglementation qui a paru excessive, car il n'y est pas tenu compte suffisant de l'iniquité pouvant résulter d'une limitation aussi brutalement faite. Ainsi avec le projet voté par la Chambre, l'employé qui a 2.000 francs de traitement se voit retenir le dixième, soit 200 francs. A 2.100 francs de traitement la loi ne laisse saisir que l'excédent de 2.000 francs, soit 100 francs seulement. Le résultat est déjà choquant, et l'employé qui a 3.000 francs se verra retenir 1.000 francs. L'inégalité est par trop criante et il a paru équitable à votre Commission de supprimer l'alinéa en question du texte voté par la Chambre : la conséquence, c'est le retour au droit commun actuel pour les traitements et appointements supérieurs à 2.000 francs, c'est-à-dire l'arbitrage ordinaire des tribunaux pour les commis ou employés ordinaires, et l'application de la loi du 21 ventôse an IX pour les fonctionnaires publics et employés civils visés par cette loi. »

Le texte présenté au Sénat était donc le suivant :

« ARTICLE PREMIER. — Les salaires des ouvriers et gens de service ne sont saisissables que jusqu'à concurrence du dixième, quel que soit le montant de ces salaires.

» Les appointements ou traitements des employés ou commis et des fonctionnaires ne sont également saisissables que jusqu'à concurrence du dixième lorsqu'ils ne dépassent pas 2.000 francs. »

Ce texte fut adopté par le Sénat après discussion qui ne porta que sur la quotité saisissable et le maximum de salaire au delà duquel la loi ne serait plus applicable, en même temps que sur la distinction entre salaires d'ouvriers et appointements des employés. Un amendement avait été déposé qui déclarait : « Les salaires des ouvriers, les gages des gens de service, les appointements des employés ou commis et des fonctionnaires ne sont saisissables que jusqu'à concurrence d'un dixième lorsqu'ils n'atteignent pas 1.500 francs par an, d'un cinquième lorsqu'ils s'élèvent de 1.500 à 3.000 francs, d'un quart au-dessus de cette somme, sans toutefois que les bénéfices de la présente loi puissent s'étendre aux salaires, gages ou appointements ou traitements qui seraient supérieurs à 4.000 francs. » L'auteur de l'amendement prétendait ainsi créer aux ouvriers et employés une situation analogue à celle faite aux fonctionnaires par la loi du 21 ventôse an IX. Mais le rapporteur n'eut pas de peine à montrer qu'il n'y avait rien de tel et que le résultat serait tout autre : « M. Chovet, dit-il, a sérié un système de gradation qu'il croit emprunté à la loi du 21 ventôse an IX qui s'applique aux fonctionnaires, mais il n'en respecte pas les termes. Cette loi procède bien plus sagement : elle ne dit pas, en effet, que la quotité saisissable changera suivant que le montant du traitement annuel atteindra telle ou telle somme, elle dit qu'un cinquième sera retenu sur les premiers mille francs, un quart sur les 5.000 suivants et un tiers sur la portion excédant 6.000 francs. Dès lors, le calcul est facile et équitable, tandis qu'avec le système de M. Chovet le total annuel du salaire saisi entraîne chaque fois une fixation différente de la quotité saisissable. »

Sur la distinction entre les ouvriers et les employés, et la nécessité de ne pas fixer de maximum au salaire des premiers, le rapporteur s'exprimait ainsi :

« En outre, je crois pouvoir établir d'une façon très nette que le projet de M. Chovet n'est pas pratique et ainsi je répondrai en même temps aux préoccupations des membres de cette Chambre qui pourraient vouloir substituer la rédaction de la Chambre à celle de la Commission et demanderaient à assujettir à une règle unique les salaires et les petits traitements.

» Comment arrivera-t-on à calculer le salaire de l'ouvrier? Annuellement, cela est impossible et c'est cependant d'autant plus nécessaire avec le système de M. Chovet que suivant que le salaire atteint 1.499 francs ou 1.500 francs, 3.000 ou 3.001 francs, 4.000 ou 4.001 francs, la quotité de saisissabilité varie. Allez-vous le multiplier par 30 d'abord et par 12 pour avoir le salaire annuel? Le multiplierez-vous par 365 jours?

» L'ouvrier vous demandera d'abord de défalquer de ce calcul les jours de maladie, de chômage et très certainement les jours fériés. Et comment arriverez-vous, dès lors, à savoir en définitive ce que gagne cet ouvrier?

» Aussi la Commission a-t-elle admis que le salaire de l'ouvrier serait, quel qu'en soit le montant, soumis à la règle unique du projet, c'est-à-dire saisissable d'un dixième seulement.

» Oui, le salaire de l'ouvrier ne peut être assimilé au traitement de l'employé. Celui ci voit son traitement payé tous les mois. Pour deux ou trois jours de maladie, il n'a pas à craindre de déduction, et d'une manière générale et normale, il est aisé de savoir ce qu'il touche par mois et par an.

» Pour les salaires il n'en est donc pas de même et si vous craignez de fixer une insaisissabilité de neuf dixièmes pour les ouvriers dont les salaires seraient quelquefois un peu élevés, permettez-moi de vous faire remarquer que ces salaires ont une moyenne normale et dépassent rarement 7, 8, 9 ou 10 francs par jour. D'ailleurs, plus ce chiffre de salaire est élevé, plus l'ouvrier est exposé au chômage et aux interruptions de travail.

» Je persiste donc à soutenir que la distinction faite par la Commission entre le salaire et le traitement doit être accueillie par le Sénat. »

L'amendement fut repoussé et l'article premier de la commission voté.

Devant la Chambre des Députés, le nouveau texte ne fut l'objet d'aucune discussion. La Commission avait d'ailleurs conclu à son adoption: « Le Sénat, disait le rapport, n'a pas cru devoir, ainsi que l'avait fait la Chambre, réserver le bénéfice de la présente loi seulement aux ouvriers dont le salaire annuel ne dépasse pas 2.000 francs.

» Il a fait à cet égard une distinction entre les salaires des ouvriers et les appointements des employés ou commis.

» Les salaires ne seront saisissables que pour un dixième, quel qu'en soit le montant, les traitements des employés ou commis ne jouiront de cette faveur que s'ils ne dépassent pas 2.000 francs par an. La raison de cette distinction assez vivement critiquée lors de la discussion devant le Sénat, a paru absolument justifiée aux yeux de votre Commission par ce fait qu'il est extrêmement difficile de fixer le salaire annuel de l'ouvrier. Ce salaire peut se modifier constamment, pour l'établir il faudrait tenir compte des jours fériés, des périodes de chômage, des maladies; et du reste il s'élève bien rarement au-dessus de 2.000 francs. Votre Commission a pensé que dans une loi de cette nature il fallait autant que possible éviter toutes les causes de conflit et de discussion et qu'une limitation de ce genre en matière de salaire aurait pour effet de faire surgir au début de chaque affaire un débat sur la compétence, pouvant entraîner des lenteurs et des frais. La même objection ne peut être faite pour les appointements ou traitements des employés qui sont généralement fixes, payables par mois, non sujets à déduction, le montant annuel en est toujours facile à déterminer.

» La Chambre avait décidé dans son article premier que au delà de 2.000 francs l'excédent était saisissable pour le tout. Le Sénat n'a pas reproduit cette disposition qui lui a paru excessive. Il lui a semblé qu'il valait mieux, pour des salaires dépassant 2.000 francs, laisser aux tribunaux le soin de fixer la quotité saisissable qui peut varier suivant les cas, les habitudes, les professions, les milieux. La conséquence de cette décision sera le maintien du droit commun actuel pour les traitements et appointements supérieurs à 2.000 francs, c'est-à-dire l'arbitrage ordinaire des tribunaux pour les employés et commis ordinaires et l'application de la loi du 21 ventôse an IX pour les fonctionnaires publics et employés civils visés par cette loi. »

Les conclusions de la Commission furent adoptées et votées par la Chambre et le texte de l'article premier définitivement fixé.

Mais il importe de signaler que ce texte n'a pas prévu toutes les hypothèses et les différentes manières en usage dans le commerce et l'industrie pour rémunérer les services des employés et commis. Il y a, en effet, certaines catégories d'employés, tels que les voyageurs de commerce, qui sont rémunérés au moyen non d'un appointement fixe mensuel ou annuel, mais par une remise ou commission de ... 0/0 sur le montant des affaires qu'ils traitent. Quelle sera leur situation? Les assimilera-t on aux ouvriers et gens de service dont le salaire n'est saisissable que pour un dixième, quel qu'en soit le montant, ou au contraire les considérera-t-on comme des employés à appointement fixe? Si l'on s'en remet à la discussion qui eut lieu au Sénat d'abord, à la Chambre ensuite, si l'on considère surtout en quels termes la Commission du Sénat s'exprime par l'organe de son rapporteur, tant dans son rapport que lors de la discussion publique, l'on voit que ce que la Commission, et par suite avec elle le Sénat, a voulu, ce n'est pas tant établir une distinction entre ouvriers et gens de service d'une part, et employés d'une autre. Ce que l'on paraît avoir bien voulu distinguer d'une façon très nette et très catégorique, ce sont les traitements fixes dont le montant est déterminé d'une façon précise, dont l'importance est connue, qui ne subissent que de très rares réductions et seulement dans des cas exceptionnels: des salaires qui, au contraire, sont par essence absolument variables, augmentant ou diminuant suivant des circonstances le plus souvent indépendantes de la volonté de l'ouvrier. Ce que la loi a voulu distinguer, ce sont les salaires dont à tout moment on peut déterminer à coup sûr l'importance annuelle, de ceux dont le montant ne saurait être établi d'une façon certaine qu'après des calculs dont la base et le point de départ peuvent être critiqués, et qui ne peuvent être évalués que d'une façon approximative et sans aucune certitude.

Les divers extraits des rapports et de la discussion que nous avons reproduits, montrent aussi que le souci dominant du législateur a été d'éviter qu'au début du procès une contestation puisse s'élever sur le montant du salaire et par suite sur la compétence et la détermination du juge devant lequel le débat serait porté. Il fallait éviter que la question pût même se poser en matière de salaire, et il fallait bien arrêter une fois pour toutes que lorsqu'il y aurait le moindre doute sur le montant de la rémunération, c'est-à-dire lorsque celle-ci ne serait pas d'un chiffre bien précisé et déterminé pour chaque mois et par suite pour une année, il n'y aurait pas à se préoccuper de son importance réelle, et que dans tous les cas le juge de paix serait seul compétent pour procéder à la distribution et à l'attribution aux créanciers de la portion du salaire saisi-arrêté. Si donc nous appliquons ces principes à la question qui nous occupe, il paraît certain que l'employé à la commission devra être rangé parmi les salariés dont le salaire n'est saisissable que pour un dixième quel qu'en soit le montant.

Il est en effet absolument certain que moins encore dans son cas que dans celui de l'ouvrier qui a un salaire journalier, le montant de son gain pourra être déterminé même d'une façon approximative. Tandis, en effet, que dans le premier cas la détermination peut se faire, en tenant compte des jours fériés dont le nombre est connu et fixe pour une année, et que, en somme, sauf les cas extraordinaires de maladie ou de chômage, l'ouvrier qui est occupé d'une façon régulière dans une maison sérieuse, et surtout qui s'y occupe d'une façon sérieuse, sait à très peu de chose près ce qu'il doit recevoir par semaine ou par mois, dans le cas de l'employé à la commission, en outre des circonstances qui pour lui, comme pour l'ouvrier, peuvent entraîner une interruption de travail, il faut faire entrer en ligne de compte aussi, qu'il ne dépend pas de lui de faire ou de ne pas faire d'affaires. Il peut, malgré tout son zèle et toute son activité ne pas réussir à traiter de marchés, et par suite, bien qu'il ait travaillé toute sa journée, n'avoir réussi à se procurer aucun gain, tandis que l'ouvrier qui a passé sa journée à l'atelier est assuré d'une rémunération.

La solution qui paraît s'imposer est que l'employé à la commission devra être traité comme un ouvrier, c'est-à-dire que la saisie-arrêt ne pourra être pratiquée sur sa rémunération que pour un dixième quel qu'en soit le montant. De même qu'à la paye de l'ouvrier le patron retiendra un dixième du montant de cette paye, lors du règlement des commissions dues a l'employé le patron retiendra le dixième du chiffre des remises, pour être versé aux mains du créancier saisissant.

La solution nous paraît, pour les mêmes raisons, devoir être la même dans le cas d'un employé recevant à la fois un appointement mensuel inférieur à 2.000 francs par an et une remise sur ses affaires. C'est là le cas de nombreux voyageurs de commerce, c'est aussi celui de tous ou presque tous les employés des grands magasins de Paris, en dehors de leur traitement mensuel dont le chiffre est connu, ils ont droit à une remise, à la guelte, sur le montant de leurs ventes. Devra-t-on rechercher si cette guelte, jointe au traitement fixe, dépasse 2.000 francs par an ? Ce serait ouvrir le débat que la loi a voulu éviter, ce serait créer ce conflit de compétence que l'on a voulu écarter d'une façon définitive et certaine. Ce serait donner naissance à un procès accessoire à côté du procès principal, et c'est ce que le législateur, il s'en est formellement exprimé à cet égard, a tenu à empêcher d'une façon absolue, au prix même d'une concession qui peut paraître un avantage fait aux ouvriers alors qu'il était refusé aux employés, bien que le Parlement n'ait pas voulu distinguer dans le bienveillant intérêt qu'il portait aux uns aussi bien qu'aux autres.

Aussi, sommes-nous amenés à conclure que dans ce cas comme dans celui où la rémunération consiste seulement en une commission, il n'y aura pas à calculer, et que la quotité saisissable ne dépassera jamais le dixième sans que l'on ait à se préoccuper du montant réel du gain réalisé. Et ce qui nous paraît devoir être encore un argument en faveur de cet avis, dans le cas de cumulation d'un appointement fixe et d'une remise de tant pour cent, c'est ce fait que très souvent, le plus souvent même, presque toujours dans le cas des commis des grands magasins de Paris, dont le nombre est considérable, le montant de la commission atteint et dépasse même le taux de l'appointement.

M. Régismanset, rapporteur de la loi au Sénat auquel nous avons soumis la question, a bien voulu nous donner son avis dans la lettre suivante :

« La loi sur les saisies-arrêts est votée et promulguée, et je n'ai plus qualité pour vous parler au nom de la Commission du Sénat. Ma réponse ne peut donc avoir d'autre portée que celle d'un avis personnel.

» Sans doute, la distinction entre employés et ouvriers faite par la nouvelle loi a tenu au caractère indéterminé des salaires : mais les motifs de la loi invoquent également cette grave considération qu'en fait les salaires s'élèvent rarement au-dessus de 2.000 francs. Vous avez vous même touché du doigt la solution, quand vous avez constaté qu'il est difficile d'assimiler un *employé à la commission* avec un *ouvrier*, et qu'il est encore plus difficile de créer un régime différent pour l'*employé à la commission* d'une part, et l'*employé à traitement fixe* de l'autre.

» A mon avis la loi ne fait pas une telle distinction et rien n'autorise à la faire.

» Reste sans doute une difficulté sérieuse, celle qui consiste à déterminer exactement le montant annuel de ce que gagne l'employé à traitement fixe avec guelte. — Mais c'est là une question de fait qui sera tranchée par le juge : la comptabilité, les déclarations du caissier ou du patron, permettront le plus souvent un contrôle réel. Mais cette dificulté, entrevue d'ailleurs, est la conséquence de la limitation faite à 2.000 francs de traitement annuel pour l'application de la loi.

» Toute autre limitation entraînerait pareille difficulté et c'est un intérêt purement fiscal et budgétaire qui a imposé cette limitation au Parlement.

» Considérez d'ailleurs que la procédure est gratuite devant le juge de paix, et que presque toujours le débiteur et le créancier accepteront cette juridiction dans les cas d'interprétation difficile tout au moins : leur intérêt sera commun, car ce que le créancier peut perdre comme quotité saisissable il le retrouvera dans l'économie des frais. »

Est-il utile de rappeler que la saisie-arrêt ne doit jamais porter sur ce qui est accordé aux voyageurs de commerce à titre de frais de route ? Ils constituent au même titre que les outils de l'ouvrier les moyens pour l'employé de vivre et d'exercer son industrie, et par suite sont insaisissables comme eux (Tribunal de la Seine, 6e chambre, 17 novembre 1887, *Gazette des Tribunaux*, 19-20 décembre 1887 : Voir *Code manuel du Voyageur de Commerce*, page 38), ils ne devront donc pas entrer en compte pour l'évaluation du traitement, ou le décompte de la portion saisissable.

Art. 2. — « L'article 2 du projet est devenu les articles 4 et 5 de la loi : Il était ainsi conçu : Tout patron qui fait une avance en espèces ou en fournitures, consistant seulement en outils ou instruments nécessaires au travail, ou en matières ou matériaux dont les ouvriers ou employés ont la charge et l'usage, ne peut se rembourser qu'au moyen de retenues successives ne dépassant pas le dixième du montant des salaires ou appointements exigibles. La retenue opérée de ce chef ne se confond ni avec la partie saisissable ni avec la partie cessible, les acomptes sur un travail en cours ne sont pas considérés comme avances. »

Les seules observations présentées à la Chambre sur ce texte ne furent relatives qu'à la pratique signalée comme en usage dans certaines Compagnies de chemins de fer et consistant à payer à l'ouvrier, sur le salaire duquel une saisie-arrêt était pratiquée, deux ou trois cinquièmes, mais à l'aide de jetons reçus dans l'économat de la Compagnie, et non en espèces ayant cours. Il en résulte que l'ouvrier qui a besoin d'argent pour payer son boulanger ou son propriétaire, vend ces jetons à un prix bien inférieur à leur valeur nominale, à des usuriers qui le recèdent ensuite à d'autres ouvriers en réalisant un bénéfice considérable. Le rapporteur rappela qu'une loi en préparation portant règlement sur le travail, décide que les salaires devront toujours être payés en monnaies métalliques ayant cours, et non en jetons. Cette loi spéciale réglant la question soulevée, et aucune autre observation n'étant présentée, le texte de l'article 2 fut adopté.

Mais la Commission du Sénat s'inspirant de la discussion qui avait eu lieu devant la Commission supérieure du travail, et du projet élaboré par elle, proposa de distinguer entre les fournitures par le patron de matières, d'outils ou d'instruments nécessaires au travail de l'ouvrier, et les avances en espèces qu'il aurait consenties. L'assimilation de ces fournitures aux avances ne parut pas possible, car dit-on: « la fourniture des matières et matériaux dont l'ouvrier a la charge et l'usage ne saurait être assimilée à une créance ordinaire, et le fait du non-remboursement de cette fourniture éveille l'idée de détournement et d'abus de confiance. » On eut pu ajouter que cette distinction se justifiait par ce fait que souvent l'ouvrier serait dans l'impossibilité de travailler s'il lui fallait lui-même faire l'avance des matières dont il a besoin pour son travail, et que par suite, si le patron se refusait à lui en faire l'avance, il risquerait de rester sans ouvrage. La Commission proposa donc d'autoriser la compensation entre le salaire dû et la totalité de la valeur des fournitures d'outils, d'instruments ou de matières nécessaires au travail de l'ouvrier, mais de conserver la rédaction de la Chambre pour les avances en espèces, consenties par le patron et dont celui-ci ne pourrait se rembourser que par une retenue du dixième du salaire exigible. Elle maintint également la disposition qui déclarait que cette retenue opérée par le patron serait toujours distincte de celle opérée comme portion saisissable, et de celle faite en vertu d'une cession consentie par l'ouvrier. Cette distinction entraîna la scission de l'article en deux ; l'article 2 devint donc les articles 4 et 5 ainsi conçus :

« Art. 4. — Aucune compensation ne s'opère au profit des patrons entre le montant des salaires dus par eux à leurs ouvriers et les sommes qui leurs seraient dues à eux-mêmes pour fournitures diverses quelle qu'en soit la nature à l'exception toutefois :

» 1° Des outils ou instruments nécessaires au travail ;

» 2° Des matières et matériaux dont l'ouvrier a la charge et l'usage ;

» 3° Des sommes avancées pour l'acquisition de ces mêmes objets.

» Art. 5. — Tout patron qui fait une avance en espèces en dehors du cas prévu par le paragraphe 3 de l'article 4 qui précède, ne peut se rembourser qu'au moyen de retenues successives ne dépassant pas le dixième du salaire ou appointement exigible. La retenue opérée de ce chef ne se confond ni avec la partie saisissable, ni avec la partie cessible portée en l'article 2. Les acomptes sur un travail en cours ne sont pas considérés comme avances. » Cette nouvelle rédaction ayant été adoptée sans discussion par le Sénat, le rapporteur à la Chambre en demanda l'adoption dans les termes suivants : « Pour les fournitures d'outils, d'instruments de travail, de matières ou matériaux dont l'ouvrier à la charge et l'usage, il a été décidé que la compensation pourrait s'établir au profit des patrons entre les salaires dus par eux à leurs ouvriers et les sommes qui leurs seraient dues à eux-mêmes pour ces fournitures. Votre Commission vous propose d'accepter le texte du Sénat. L'article 5 décide, en outre, que les acomptes sur un travail en cours ne seront pas considérés comme avances. M. Guillemin avait pensé qu'il était nécessaire, dans l'intérêt de l'ouvrier, de bien préciser ce que le projet entendait par travail en cours et d'expliquer que les acomptes remis en cours de quinzaine, par exemple, ne pouvaient être considérés comme avances. Il avait même déposé un amendement dans ce sens, mais la Commission a cru qu'il n'y a pas lieu de l'accepter et que le texte du projet était suffisament explicite. Il est bien évident, en effet, que si l'acompte remis sur un travail en cours ne peut être considéré comme une avance, *à fortiori* l'acompte remis en cours de quinzaine sur un travail déjà réellement effectué ne saurait l'être non plus. A la suite de ces explications, l'amendement de M. Guillemin fut retiré. »

Mais lors de la discussion devant la Chambre, celui-ci eut soin de faire préciser l'interprétation à donner à ce paragraphe, et le texte des deux articles fut adopté sans modifications.

Art. 3 et Art. 4. — Par suite de cette transposition, les articles 3 et 4 du projet primitif devenaient les articles 2 et 3. Le texte en fut successivement adopté par la Chambre, par le Sénat, puis à nouveau par la Chambre sans aucune discussion. Ils sont ainsi conçus :

« Art. 2. — Les salaires, appointements et traitements visés par l'article premier ne pourront être cédés que jusqu'à concurrence d'un autre dixième.

» Art. 3. — Les cessions et saisies faites pour le paiement des dettes alimentaires prévues par les articles 203, 205, 206, 207, 214 et 349 du Code civil, ne sont pas soumises aux restrictions qui précèdent. »

Il faut donc conclure de ce dernier article que lorsque la dette en vertu et pour le recouvrement de laquelle la saisie-arrêt aura été pratiquée sera l'une de celles énumérées par l'article 3, c'est-à-dire représentera la pension alimentaire due, soit par les parents ou beaux-parents, à leurs enfants, gendres ou brus, soit par un adoptant à son adopté ou réciproquement, la saisie-arrêt pourra être validée par le juge pour la totalité du salaire ou de l'appointement dû, déduction faite de la portion strictement nécessaire à l'employé ou à l'ouvrier pour vivre lui et les siens, et que la cession consentie volontairement pourra être de plus de un dixième et aller jusqu'à la totalité.

TITRE II

PROCÉDURE DE SAISIE-ARRÊT SUR LES SALAIRES ET PETITS TRAITEMENTS

L'article 5 du projet de la commission, devenu l'article 6 de la loi, ne distinguait pas entre les cas où le créancier saisissant était ou non porteur d'un titre établissant sa créance, de façon qu'elle ne fut contestable ni dans son existence ni dans son montant. Il fixait pour les deux cas la même procédure initiale en soumettant la saisie-arrêt à la nécessité de l'autorisation du juge de paix, mais dans le cas où le créancier n'avait pas de titre il donnait au juge de paix la faculté, avant d'accorder son autorisation, de convoquer devant lui le créancier et le débiteur, et de tenter de les concilier et d'arriver à un arrangement amiable, qui devait alors être consigné sur un registre spécial tenu par le greffier de la justice de paix. Cette assimilation avait été acceptée par la Chambre qui, sans discussion, avait adopté le texte de la commission ; mais, devant le Sénat, une distinction fut établie entre les deux cas et, tandis que lorsque le créancier est muni d'un titre, il lui suffit de le faire viser par le juge de paix, il faut lorsqu'il n'a pas ce titre demander au juge l'autorisation de procéder à la saisie-arrêt, et cette autorisation est délivrée après que le juge a procédé, s'il le juge utile, à la tentative de conciliation.

Mais, pour simplifier encore la procédure, une légère modification fut, au dernier moment, introduite dans le texte de la Commission du Sénat, et il fut convenu que le titre serait visé, non pas par le juge de paix, mais par son greffier, ce visa n'étant exigé que pour assurer l'observation de la disposition de l'article 7 qui interdit au juge de paix d'autoriser plus d'une saisie-arrêt sur le même débiteur.

Le texte voté par le Sénat puis par la Chambre fut donc le suivant :

« Art. 6. — La saisie-arrêt sur les salaires et les appointements ou traitements ne dépassant pas 2.000 francs, dont il s'agit à l'article premier de la présente loi, ne pourra être pratiquée, s'il y a titre, que sur le visa du greffier de la justice de paix du domicile du débiteur saisi.

» S'il n'y a point de titre la saisie-arrêt ne pourra être pratiquée qu'en vertu d'une autorisation du juge de paix du domicile du débiteur saisi. Toutefois, avant d'accorder l'autorisation, le juge de paix pourra, si les parties n'ont pas déjà été appelées en conciliation, convoquer devant lui, par simple avertissement, le créancier et le débiteur. S'il intervient un arrangement, il en sera tenu note par le greffier, sur le registre spécial exigé par l'article 14. L'exploit de saisie-arrêt contiendra en tête l'extrait du titre s'il y en a un, ainsi que la copie du visa, et, à défaut du titre, copie de l'autorisation du juge.

» L'exploit sera signifié au tiers saisi ou à son représentant préposé au paiement des salaires ou traitements dans le lieu où travaille le débiteur saisi. »

Ce texte nécessite quelques observations. Tout d'abord il importe de préciser quel sera le juge de paix compétent, c'est-à-dire ce que la loi a entendu par le juge de paix du domicile du débiteur saisi.

A l'origine les premiers textes portaient « domicile du tiers saisi » on y a substitué « domicile du débiteur saisi », mais sans qu'aucune observation ou explication soit venue indiquer les motifs de cette modification. Il nous paraît qu'il n'y a eu là que le désir de préciser ce que l'on devait entendre par domicile du débiteur saisi, et que ces mots doivent être interprétés comme les auteurs de premières propositions avaient eux-mêmes interprétés leur propre texte. Il avait été expliqué qu'il fallait entendre par domicile du tiers saisi, non pas le lieu où le tiers saisi a son domicile ou sa résidence réelle et effective, mais le lieu où s'acquièrent les salaires qu'il s'agit de saisir-arrêter. Cette interprétation qui avait été donnée dès la proposition de M. Thellier de Poncheville et que celui-ci indique lui-même dans une note, a été confirmée à diverses reprises notamment par M. Jacquemart dans son rapport du 13 novembre 1890, et par le rapport de M. Rose à la Chambre, le 22 décembre 1894, en note duquel se trouvent les lignes suivantes : « Par le juge de paix du tiers saisi, il faut entendre le juge de paix du canton où se produit le salaire frappé de saisie-arrêt, cela est très important; il peut arriver que le tiers saisi n'ait pas son domicile légal dans la localité où est occupé l'ouvrier ; que ce domicile en soit même éloigné, par exemple les Compagnies de chemins de fer ont leur siège à Paris et elles occupent en province des milliers d'ouvriers et d'employés sur lesquels, très souvent, sont formées des saisies-arrêts. Dans l'esprit du projet de loi, le juge de paix compétent pour autoriser la saisie-arrêt en pareil cas sera celui de la localité où travaille l'ouvrier, parce que cet ouvrier et son fournisseur pourront se rendre devant lui sans grand déplacement, sans perte de temps et sans frais. Attribuer compétence au juge de paix d'arrondissement de Paris où est situé le siège de la Compagnie tierce saisie serait aller à l'encontre de l'esprit du projet de loi. »

La volonté du législateur est donc bien nettement manifestée et indiquée. La modification du texte ne paraît tendre qu'à le préciser encore davantage et à écarter toute autre interprétation : le juge compétent est celui du lieu où se produit et s'acquiert le salaire saisi-arrêté, sans se préoccuper de savoir si le tiers saisi ou le débiteur saisi ont leur domicile légal dans une autre commune dépendant d'un autre canton et par suite soumis à la juridiction d'un autre juge.

Cette assimilation est d'ailleurs rendue évidente par ce fait que le dernier paragraphe de l'article stipule que la saisie-arrêt doit être notifiée au tiers saisi, non à son domicile, mais dans le lieu où travaille le débiteur saisi, et où par suite s'acquiert le salaire saisi-arrêté. Et si le tiers saisi n'est pas domicilié dans ce lieu la signification devra être faite à celui de ses représentants préposé au paiement des salaires et traitements. Il importe en effet que le débiteur du salaire à saisir, connaisse l'opposition le plus rapidement possible. De cette façon, toute surprise sera évitée et il ne pourra se faire que dans l'intervalle du temps matériellement nécessaire pour transmettre l'exploit de saisie-arrêt du domicile réel du tiers saisi au lieu où est occupé le débiteur saisi, celui-ci ne se fasse remettre tout ou partie des salaires ou appointements qui lui seraient dus, rendant ainsi inutile la saisie pratiquée.

« Art. 7. — L'autorisation accordée par le juge évaluera ou énoncera la somme pour laquelle la saisie-arrêt sera formée.

» Le débiteur pourra toucher du tiers saisi la portion non saisissable de ses salaires, gages ou appointements.

» Une seule saisie-arrêt doit être autorisée par le juge. S'il survient d'autres créanciers, leur réclamation, signée et déclarée sincère par eux, et contenant toutes les pièces de nature à mettre le juge à même de faire l'évaluation de la créance, sera inscrite par le greffier sur le registre exigé par l'article 14. Le greffier se bornera à en donner avis dans les 48 heures au débiteur saisi et au tiers saisi par lettre recommandée qui vaudra opposition. »

Les prescriptions de l'article sont assez nettes pour se passer de commentaire. La nécessité pour le juge d'énoncer ou d'évaluer, suivant qu'il y aura ou non titre, le montant de la somme pour laquelle la saisie-arrêt pourra être formée, permettra de savoir si elle est formée justement ou s'il y a lieu pour le débiteur saisi d'en contester la régularité et l'importance. En permettant au tiers saisi de verser malgré la saisie à son employé les neuf dixièmes de son salaire ou de ses appointements, la loi met fin à cette situation des plus pénibles dans laquelle se trouvaient les tiers saisis, qui n'osaient rien verser à leurs employés ou ouvriers sur le salaire desquels une opposition avait été pratiquée, de crainte de se voir réclamer une seconde fois, la somme par eux remise à leur employé. Et celui-ci se trouvait ainsi, souvent pendant toute la durée de l'instance engagée, privé de la totalité de son gain et ainsi réduit à la misère. Bien que les tribunaux aient maintes fois approuvé les patrons qui n'avaient pas craint de verser à leurs employés, partie de leur salaire pour leur permettre de subsister eux et leur famille, aucune disposition expresse de la loi ne les y autorisait, et il pouvait arriver que le patron craignant de ne pas voir ratifier par le juge ce qu'il aurait fait se refusât à tout versement d'acompte.

Une seule saisie-arrêt peut être autorisée, dit encore l'article 7, et ceci pour éviter encore les frais déjà si réduits par la loi. Ainsi, le seul exploit que la loi laisse subsister n'existera que pour la première saisie-arrêt. Bien que l'article 15 décide que cet exploit sera délivré sur papier non timbré et enregistré gratis, la seconde saisie-arrêt, et les suivantes s'il y a lieu, seront formées avec encore moins de frais. Deux lettres recommandées, soit 0 fr. 80 c., plus le droit minime accordé au greffier pour l'envoi de ces avis, il n'en coûtera pas d'avantage.

La procédure devant être très rapide, l'article 8 exige que :

« Art. 8. — L'huissier saisissant sera tenu de faire parvenir au juge de paix, dans le délai de huit jours à dater de la saisie, l'original de l'exploit. sous peine d'une amende de dix francs qui sera prononcée par le juge de paix en audience publique. »

Le juge de paix est donc saisi et il va lui falloir statuer sur la validité de la saisie-arrêt. La première question qui se pose va être celle de savoir jusqu'à quel taux le juge de paix sera compétent et pourra valablement statuer :

La question de compétence avait fait devant la Chambre, lors de la première discussion, l'objet d'un débat assez étendu. Le rapporteur avait nettement indiqué que le juge de paix ne pouvait statuer sur la validité que dans les limites de sa compétence ordinaire. Il en résultait cette situation bizarre, dans le cas où le créancier saisissant avait une créance supérieure à 200 francs, que le juge de paix compétent pour autoriser la saisie, ne pouvait la valider et se trouvait dans la nécessité de renvoyer les parties devant le tribunal civil avant de procéder lui-même à la distribution des sommes saisies-arrêtées. Cette situation anormale fut parfaitement mise en évidence par le rapporteur au Sénat qui s'exprimait ainsi : « Comme conséquence avec le texte voté par la Chambre, le juge de paix ne convoquera point les parties, lorsqu'il s'agira d'une validité de saisie-arrêt pour un litige supérieur à 200 francs ou plutôt, en suivant le texte à la lettre, il convoquera les parties uniquement pour les renvoyer devant le Tribunal civil. Est-ce là une solution pratique ? Est-il sage, utile, équitable d'enlever juridiction à ce magistrat alors qu'il a connu exclusivement de la procédure, alors qu'il a tenté la conciliation et qu'il connaît l'affaire ?

» Fallait-il donc lui accorder compétence pleine et entière pour connaître de la demande en paiement jointe à la demande en validité toutes les fois qu'il s'agirait de l'application de la loi sur les salaires, ou ne lui accorder cette compétence que pour statuer sur la demande en validité de la saisie-arrêt à l'exclusion de la demande en paiement. La Commission du Sénat s'arrêta à une solution intermédiaire et décida que le juge de paix serait compétent toujours pour statuer sur la validité de la saisie-arrêt et sur la déclaration affirmative, quand il s'agirait d'opposition portant sur les salaires et petits traitements, et cela quel que soit le chiffre de la demande, en premier ressort; et à charge d'appel, pour les demandes dépassant le taux de la compétence ordinaire, c'est-à-dire 100 francs. Le juge de paix restera ainsi souvent maître du litige, ainsi il statuera seul quand la saisie-arrêt sera faite en vertu d'un titre authentique, d'un jugement : il statuera, en outre, sur la demande en paiement quand il sera juge naturel du fond du débat ou encore quand les parties consentiront à lui soumettre le litige en dernier ressort et en acceptant la prorogation de sa compétence conformément à l'article 7 du Code de procédure civile. Si, au contraire, la créance, pour sûreté de laquelle la saisie-arrêt est pratiquée, excède la compétence du juge de paix, celui-ci renverra les parties devant le tribunal compétent pour statuer sur la validité et la quotité de la créance sauf à statuer sur la procédure de validité et à reprendre le cours de sa juridiction quand le sort de la créance aura été définitivement fixé. »

Ces commentaires, venant du rapporteur de la loi, éviteront des discussions sur le texte de cet article et empêcheront qu'une interprétation erronée de la loi ne vienne en enlevant aux juges de paix la compétence de ces litiges, à l'encontre de l'intention du législateur qui a surtout voulu assurer une juridiction rapide et sans frais. Le texte de l'article 9 est d'ailleurs rédigé de façon très claire :

« Art. 9. — Tout créancier saisissant, le débiteur ou le tiers saisi pourront requérir la convocation des intéressés devant le juge de paix du débiteur saisi, par une déclaration consignée sur le registre spécial prévu en l'article 14.

» Dans les quarante-huit heures de cette réquisition le greffier adressera : 1° au saisi, 2° au tiers saisi, 3° à tous autres créanciers opposants, un avis à comparaître devant le juge de paix à l'audience que celui-ci aura fixée.

» A cette audience ou à toute autre fixée par lui, le juge de paix prononçant sans appel dans la limite de sa compétence et à charge d'appel à quelque valeur que la demande puisse s'élever statuera sur la validité, la nullité ou la mainlevée de la saisie, ainsi que sur la déclaration affirmative que le tiers saisi sera tenu de faire audience tenante.

» Le tiers saisi qui ne comparaîtra pas ou qui ne fera pas sa déclaration ainsi qu'il est dit ci-dessus sera déclaré débiteur pur et simple des retenues non opérées et condamné aux frais par lui occasionnés. »

Mais une question accessoire de compétence se pose qui a été exposée et résolue dans les termes suivants par le rapporteur devant la Chambre lors de sa seconde délibération le 22 décembre 1894 :

« Quelle sera la procédure à suivre lorsque au cours d'une instance engagée devant le juge de paix les appointements s'élèveront à une chiffre supérieur à 2.000 francs?... Votre Commission pense que l'instance doit suivre son cours devant le juge de paix si elle a été régulièrement engagée devant lui.

» Pour savoir si le juge de paix est compétent, il faut se placer au moment de l'exploit de saisie-arrêt introductif d'instance. Le jour où cette opposition est signifiée, le traitement est-il oui ou non de 2.000 francs? S'il ne dépasse pas ce chiffre, c'est le juge de paix qui est compétent pour toute l'instance; s'il est supérieur à 2.000 francs, c'est devant le Tribunal civil qu'il faut porter le débat. Nous pensons donc que c'est la date de l'opposition qui doit déterminer la juridiction devant laquelle la précédure doit s'engager. »

La compétence du juge de paix est donc bien précisée.

La question fut, d'ailleurs, soulevée aussi devant le Sénat. Alors que toute la loi était votée, M. Ratier posa au rapporteur la question telle qu'elle est indiquée au rapport devant la Chambre : « Si, dit-il, au moment où la saisie est faite ou postérieurement, les appointements s'élèvent à un chiffre supérieur à 2.000 francs, quelle procédure devra-t-on suivre? Procédera-t-on à une répartition ou, au contraire, le juge de paix sera-t-il dessaisi? Ou bien encore les deux procédures existeront-elles concurremment : l'une pour la répartition de la somme saisie en vertu de la loi que le Sénat discute, l'autre pour la répartition des sommes qui pourraient s'appliquer aux mensualités d'appointements supérieurs à 2.000 francs? »

Et plus loin : « Il pourra arriver qu'un débiteur de mauvaise foi augmente les difficultés vis-à-vis de ses créanciers, et d'accord avec le patron, par exemple, fasse élever ses appointements de 2.000 à 2.005 francs. En dehors même de cette hypothèse, il me semble que la question que je pose devrait être résolue par le législateur. Au dessous de 2.000 francs, lorsqu'une contribution, dans les termes de la loi nouvelle aura été créée, si les appointements s'augmentant viennent à dépasser 2.000 francs, y aura-t-il lieu d'en ouvrir une autre? Ces deux contributions l'une devant le juge de paix, l'autre devant le Tribunal existeront-elles concurremment? Ou, au contraire, le juge de paix sera-t-il dessaisi au profit de la contribution judiciaire? »

« *M. le rapporteur.* — Le point est de savoir à quel moment il faut fixer l'état de la procédure. C'est la date même de l'opposition qui précisant, fixant les ressources du débiteur, détermine la procédure à suivre. *(Très bien, très bien.)*

» Maintenant au-dessus de 2.000 francs de traitement, quel sera, d'après la loi actuelle, le régime judiciaire applicable? Nous l'avons déjà déclaré dans le rapport d'une façon très nette : c'est le droit commun actuel, c'est le pouvoir d'appréciation des tribunaux. »

Et comme M. Ratier insistait pour avoir une réponse précise et disait : « La question que je pose est très précise et elle est celle-ci : lorsque les appointements au cours de la procédure et postérieurement à la saisie-arrêt auront dépassé 2.000 francs, y aura-t-il lieu à contribution nouvelle? On me répond : c'est le droit commun qui sera appliqué. Je voudrais que le droit commun fut fixé, car, si j'entends les opinions qui se manifestent autour de moi, deux systèmes se formulent parmi les jurisconsultes de la Commission. Les uns disent que le juge de paix sera dessaisi, les autres que les deux procédures existeront concurremment. Il est fâcheux que pour ces contradictions, il n'y ait pas de solution dans le projet de loi. »

M. le rapporteur ajouta : « La date de l'opposition fixe le regime applicable à l'affaire. »

Et M. Thévenet intervenant déclara : « Qu'est-ce qui fixe le commencement d'une instance? C'est l'exploit introductif d'instance; dans l'espèce, c'est l'opposition qui aura été faite entre les mains du patron au préjudice de l'employé. Le jour où cette opposition sera signifiée le traitement est-il oui ou non de 2.000 francs? S'il est au-dessous de 2.000 francs, c'est le juge de paix qui est compétent pour toute l'instance, s'il est supérieur à 2.000 francs, c'est la juridiction ordinaire conformément au droit commun. C'est donc la date de l'opposition qui doit fixer d'après notre Code de procédure quel sera le juge compétent, le juge de paix ou le Tribunal civil. »

Mais il importe encore de préciser et de dire que si le juge de paix reste saisi de la question, il ne l'est que pour la partie de l'appointement ou du salaire qui ne dépasse pas 2.000 francs. Pour l'excédent, il faudra, suivant l'expression de M. Thévenet, que le créancier fasse un nouveau procès devant le Tribunal civil qui statuera et fixera la partie de cet excédent qui devra être retenue par le patron pour être versée entre les mains du créancier. Il y aura donc deux procédures existant simultanément, mais portant toutes deux sur des sommes différentes, la première, celle dont le juge de paix sera saisi, statuant sur les 2.000 francs, la seconde, portée devant le tribunal, pour l'excédent de traitement. Ce sera l'affaire du créancier d'examiner s'il lui convient d'intenter un second procès pour cet excédent qui sera généralement peu important s'il ne représente qu'une augmentation de traitement accordée par le patron, et étant donné surtout que le juge sera toujours libre de fixer la quotité saisissable de cet excédent à un dixième, et même à moins, s'il estime les ressources restant à la disposition du débiteur insuffisantes pour assurer la subsistance de lui et des siens.

La procédure à suivre pour arriver à la distribution des deniers saisis arrêtés est des plus simples et des moins coûteuses. La loi prévoit d'abord le cas où l'une des parties ne se sera pas rendue à la convocation adressée pour statuer sur la validité de la saisie et la déclaration affirmative du tiers saisi.

« Art. 10. — Si le jugement est rendu par défaut, avis de ses dispositions sera transmis par le greffier à la partie défaillante par lettre recommandée, dans les cinq jours du prononcé.

» L'opposition qui ne sera recevable que dans les huit jours de la date de la lettre consistera dans une déclaration à faire au greffe de la justice de paix sur le registre prescrit par l'article 14.

» Toutes parties intéressées seront prévenues par lettre recommandée du greffier pour la plus prochaine audience utile. Le jugement qui interviendra sera réputé contradictoire. L'appel relevé contre le jugement contradictoire sera formé dans les dix jours du prononcé du jugement, et, dans le cas où il aurait été rendu par défaut, du jour d'expiration des délais d'opposition, sans que dans le cas du jugement contradictoire il soit besoin de le signifier. »

Une observation nous paraît utile sur le texte de cet article. La rédaction soumise à la Chambre portait : « L'opposition qui ne sera recevable que dans les *trois jours de la date* de la lettre.... » M. Royer, député de l'Aube, demanda la modification de cette rédaction, voulant faire changer le point de départ de ce délai qui, d'après le texte, court de la date de la lettre d'envoi du greffier : « Ce n'est pas là, dit-il, un point de départ acceptable. Je suppose par exemple que le greffier date sa lettre du 9, il l'expédie le 10 ou le 11 : avec le texte, le délai courrait alors même que la lettre ne serait même pas mise à la poste.

» Le saisi ou d'un autre côté le tiers saisi peut être absent et peut être domicilié hors du canton du juge de paix, il peut être malade ou empêché, il est obligé de réunir les éléments pour faire sa déclaration affirmative ; le délai de trois jours est dans tous les cas insuffisants. »

Et il déposa l'amendement suivant : « L'opposition qui ne sera recevable que dans *les huit jours de la date de la réception de la lettre*... » Cet amendement fut voté par la Chambre; il introduisait une double modification dans le texte primitif : il portait le délai d'opposition de trois à huit jours et faisait courir ce délai de la date de la réception au lieu de la date de la lettre d'avis adressée par le greffier à la partie défaillante.

Par suite d'une erreur sans doute, le texte transmis au Sénat dans la séance du 18 juillet 1893 fut tronqué. Les mots « *de la réception* » ne s'y retrouvent pas, et le texte porte seulement : « L'opposition qui ne sera recevable que *dans les huit jours de la date de la lettre* » Cette erreur fut reproduite à deux reprises dans le rapport de M. Régismanset au Sénat qui vota le texte sans observation, elle ne fut pas davantage relevée lorsque la loi revint devant la Chambre; elle était passée inaperçue du rapporteur, de même qu'elle ne fut pas remarquée par M. Royer lui-même, et par suite l'amendement qu'il avait fait adopter à la Chambre au mois de juin précédent, qui consistait à faire partir de la date de la réception de la lettre d'avis le délai d'opposition, est comme s'il n'avait jamais existé, et le délai devra être calculé à partir de la date de la lettre d'avis expédiée par le greffier.

« Art. 11. — Après l'expiration des délais de recours, le juge de paix pourra surseoir à la convocation des parties intéressées tant que la somme à distribuer n'atteindra pas d'après la déclaration du tiers saisi, et déduction faite des frais à prélever, et des créances privilégiées, un chiffre suffisant pour distribuer aux créanciers connus, un dividende de 20 0/0 au moins. S'il y a somme suffisante et si les parties ne se sont pas amiablement entendues pour la répartition, le juge procédera à la distribution entre les ayants droit. Il établira son état de répartition sur le registre prescrit par l'article 14. Une copie de cet état signé du juge et du greffier indiquant le montant des frais à prélever, le montant des créances privilégiées, s'il en existe, et le montant des sommes attribuées dans la répartition à chaque ayant droit, sera transmise par le greffier par lettre recommandée au débiteur saisi, au tiers saisi, et à chaque créancier colloqué.

» Ces derniers auront une action directe contre le tiers saisi en paiement de leur collocation. Les ayants droit aux frais et aux collocations utiles donneront quittance en marge de l'état de répartition remis au tiers saisi qui se trouvera libéré d'autant. »

Toujours dans le but d'éviter les frais de procédure, la loi veut qu'il ne soit pas fait de répartition entre les créanciers saisissants avant qu'il ne soit possible de leur verser au moins un cinquième de leur créance. Le juge de paix doit donc attendre que, d'après la déclaration du tiers saisi, les retenues opérées par lui sur le salaire ou l'appointement aient produit somme suffisante pour cette première distribution. Il s'abstiendra jusque-là de réunir les créanciers et ainsi évitera les frais qui grevaient ordinairement les répartitions à faire et ne laissaient qu'une somme insuffisante souvent nulle aux créanciers à se partager entre eux. Il suffira, lorsque les retenues seront suffisantes pour cette première distribution, qu'un état soit dressé par le greffier indiquant pour chaque créancier la somme lui revenant proportionnellement au montant de sa créance, et la simple signature du créancier mise à côté du chiffre indiquant sa collocation vaudra quittance et décharge pour le tiers saisi. C'est assurément là la procédure la plus simplifiée et la moins onéreuse qu'il était possible d'imaginer. Aussi cet article de même que les suivants n'ont-ils donné lieu à aucune discussion ni à la Chambre ni au Sénat.

« Art. 12. — Les effets de la saisie-arrêt et les oppositions consignées par le greffier sur le registre spécial subsisteront jusqu'à complète libération du débiteur. »

« Art. 13. — Les frais de saisie-arrêt et de distribution seront à la charge du débiteur saisi. Ils seront prélevés sur la somme à distribuer.

» Tous frais de contestation jugée mal fondée seront mis à la charge de la partie qui aura succombé. »

« Art. 14. — Pour l'exécution de la présente loi il sera tenu au greffe de la justice de paix un registre sur papier non timbré qui sera coté et paraphé par le juge de paix et sur lequel seront inscrits :

» 1° Les visa ou ordonnances autorisant la saisie-arrêt;

» 2° Le dépôt de l'exploit;

» 3° La réquisition de la convocation des parties;

» 4° Les arrangements intervenus;

» 5° Les interventions des autres créanciers;

» 6° La déclaration faite par le tiers saisi;

» 7° La mention des avertissements ou lettres recommandées transmises aux parties;

» 8° Les décisions du juge de paix;

» 9° La répartition établie entre les ayants droit. »

« Art. 15. — Tous les exploits, autorisations, jugements, décisions, procès-verbaux et états de répartition qui pourront intervenir en exécution de la présente loi seront rédigés sur papier non timbré et enregistrés gratis.

» Les avertissements et lettres recommandées et les copies d'état de répartition sont exempts de tous droits de timbre et d'enregistrement. »

« Art. 16. — Un décret déterminera les émoluments à allouer au greffier pour l'envoi des lettres recommandées et pour dresse de tous extraits et copies d'état de répartition. »

« Art. 17. — Les lois et décrets antérieurs sont abrogés en ce qu'ils ont de contraire à la présente loi. »

Cet article qui n'est que la formule ordinairement employée n'abroge en l'espèce aucun texte antérieur. En effet aucune loi ne réglementait quant au fond et au taux de la saisie les oppositions qui étaient pratiquées sur les salaires et appointements des ouvriers et employés. Aucun texte ne se trouve par suite abrogé. Quant aux textes déterminant la procédure à suivre pour les saisies-arrêts en droit commun, ils ne sont pas davantage abrogés mais ils deviennent inapplicables aux cas particuliers que prévoit la présente loi, c'est-à-dire aux cas de saisie-arrêt pratiquée sur les salaires des ouvriers ou sur les appointements, ne dépassant pas 2.000 francs, des employés. Pour les saisies-arrêts sur des appointements supérieurs à 2.000 francs, ces lois restent subsistantes et recevront leur application. Donc à proprement parler, il n'y a aucun texte abrogé.

« Art. 18. — La présente loi est applicable à l'Algérie et aux colonies. »

Telle est, brièvement commentée, cette nouvelle loi sur la saisie-arrêt des salaires et petits traitements. Outre qu'elle fixe enfin un point trop longtemps incertain de notre législation, elle présente de très nombreux et très réels avantages qui peuvent se résumer ainsi :

Insaisissabilité des salaires et petits traitements jusqu'à concurrence de neuf dixièmes. — Substitution de la compétence des juges de paix à celle des Tribunaux civils. — Distribution rapide et presque sans frais des deniers saisis-arrêtés. La procédure, pour arriver à la distribution, qui dépassait avec l'ancienne législation, plusieurs centaines de francs, doublant souvent la somme due, a été évaluée approximativement au cours des débats à 30 ou 35 francs. On peut donc répéter avec M. Laroche-Joubert : « ce sont là des étrennes utiles que pour l'année 1895 le Parlement a fait aux travailleurs modestes ».

Charles STRAUSS,

Avocat à la Cour d'appel de Paris.

IMPRIMERIE CHAIX, RUE BERGÈRE, 20, PARIS. — 1874-1-95. — (Encre Lorilleux).

DU MÊME AUTEUR

Code manuel des Voyageurs de Commerce (Larose, éditeur, 22, rue Soufflot).

IMPRIMERIE CHAIX, RUE BERGÈRE, 20, PARIS. — 1876-1-95. — (Encre Lorilleux).

www.ingramcontent.com/pod-product-compliance
Ingram Content Group UK Ltd.
Pitfield, Milton Keynes, MK11 3LW, UK
UKHW022154260726
13993UKWH00005B/2354